그렇게 살아가는 우리들

행복 누리소서

_____ 님께

_____ 드림

글벗시선 223 조이인형 네 번째 시와 시조집

그렇게 살아가는 우리들

조이인형 지음

시인의 말

시집을 출간하며

 시를 쓴다는 것은 감정을 다스리고, 자신을 다듬어 사랑을 나누는 일입니다. 슬픔과 미움을 녹여 사랑으로 승화시키는 행위, 그 자체가 사랑입니다. 시는 서로 공감하고 감성을 나누는 소통의 매개체이자, 삶을 행복으로 채우는 도구가 되기를 기원합니다

 이번에 네 번째, 다섯 번째, 여섯 번째 시집을 동시에 선보이게 되어 기쁩니다. 아울러, 이 책의 출판 비용 일부를 지원해 주시고 끝까지 지도와 격려를 아끼지 않으신 계간 글벗 편집주간이자 글벗문학회 회장이신 최봉희 님과 매일 "글벗 글쓰기 프로젝트"에 꾸준히 참여하며 얻은 결실입니다.

 글벗문학회 프로젝트 운동을 주관해 주신 운영위원님들께 깊이 감사드립니다. 따뜻한 관심을 보내주신 독자 여러분과 지도와 격려를 아끼지 않으신 글벗문학회 회원님들께 깊이 감사드립니다.

 이 시집이 독자 여러분의 마음에 작은 울림과 위로가 되길 바랍니다.

2025. 04. 01

조이인형(본명 조인형)

차 례

제2부 눈물이 강이 되어

제3부 삶이 꽃피는 순간

제4부 찬란한 금빛의 노래

제1부
그리운 향기 속으로

가득 채운 마음

바람에 흩날리는
꽃잎들이
살며시 다가와 속삭여요

달콤하게 스며드는
라일락 향기
내 마음 주머니를 살며시
열어
꾹꾹 눌러 담아요
가득히, 더 가득히 채워갈래요

햇살이 쓰다듬어 준
순간
마음속 따스한 정이
톡톡, 꽃망울을 터뜨리네요
솔솔, 라일락
향기가 퍼져 나오네요

겹겹이 스며든 그림자

그리움은 외로움 되고
외로움은 다시 그리움이 된다

그리움도 외로움도
결국, 슬픔일 뿐

이렇게 슬픔은 끝없이
우리 곁을 맴돈다

그리움은 나를 갉아먹고
외로움은 나를 짓누른다

그리움도
외로움도
기다림도
허공에 흩어지게 하자
더 이상 나를 잠식하지 못하도록

계절이 오면 닿는 곳

흰 눈은 계절 찾아
빠르게 가버렸다
꽃 피는 춘삼월이
보고파 기다린다
그리워
봄 찾아왔던
그대만을 사랑해

메마른 가지 위에
계절에 부는 바람
꽃 피는 계절 오면
살며시 살살거려
예쁘게
피어 웃고 있는
매화꽃을 좋아해

고개 숙인 꽃잎의 시간

율동 공원의 오솔길
빗방울 떨어지며
행진곡처럼 울려 퍼진다

폭죽 터지는
축제의 한가운데
흩날리는 연기처럼
안개가 아련히 피어오른다

꽃잎은 고개 숙여
빗방울에 살며시 속삭인다
고마워
그리움이 스며들며
조용히 젖어간다

고운 정 발자국

물레처럼 쉼 없이 춤추는 파도
곱게 곱게 다듬어 주는
명사십리 해안
세상에서 제일 고운
모래밭 되어

부드러운 비단결 같은
촉감은 명주옷 입은 듯
발끝마다 스며드는 부드러움
발맘발맘 고운 정 밟으며 가셨네

푸르게 빛나는 바다의
물결은 출렁이고
따스한 남풍은 나직이 속삭이네

졸음이 살며시 내려앉는
한낮의 고요한. 순간
여기서 잠시 더
쉬어가고 싶다오

그 시절 행복

떨어진 낙엽 보고
내 가슴 슬퍼진다
삶이란 누구인가
똑같은 낙엽이다
꽃피운
그 시절 잊고
오늘 하루 잘 살자

오늘이 인생에서
최고의 행복이다
어제가 있었기에
추억이 스며든다
가버린
그 시절 행복
꿈꾸면서 살고파

그 하얀 빛 너머로

하얀 꽃가루가
사뿐사뿐 내려와 앉아
차가운 나뭇가지 사이사이
고요하게 눈꽃으로 피어나네

엄니
저 눈꽃 한 송이 꺾어다가
우리 집 거실 한 칸에
예쁘게 꽂을까?

햇살 닿으면 사라지니
그 하얀 빛
잠시라도 우리 집에
머물게 하고 싶어요

그리운 향기 속으로

끓는다
동지죽이 숨을 쉰다
하나의 절기가 부글부글 끓고 있다
한 서린 지난 시간도 함께 끓고 있다

지구마저 뜨겁게 끓고 있다
구수한 냄새가 피어올라
지평선 위에 세월의 선을 긋는다

피었다가 지는 것은
자연의 이치라지만
피어나는 그 순간부터
그 향기를 그리워하게 된다

그래도 괜찮아

갈까 말까요
그러든지 말든지

가지 말까요
그러든지 말든지

가기 싫어요
그러든지 말든지

가고 싶어지네요
그러든지 말든지

네 맘대로 해
그러든지 말든지
네 맘대로 네 맘대로
한구석에서 삐죽 고개 드는 이 마음
보고 싶다

그렇게 살아가는 우리들

잊고 사는 거야
잊어버려
고까짓 것 못 잊을까
그러나 생각난다

네가 너무 보고 싶다
그러지 마 잊고 살아
살다 보면 나도 모르게
잊히겠지

그냥 사는 거야
그렇게 사는 거지
넘어지지 마
앞만 보고 걸어

근심 걱정 저 멀리

근심 걱정 없는 인생
속이 빈 찐빵과 같아라

근심과 걱정도
삶에 한 조각일 뿐

그러니 걱정일랑
걱정하지 마

길잃은 계절의 속삭임

계절이 왔는데
왜 꽃이 안 피지요
계절이 오면 엄니가
꽃이 핀다고 했잖아요

꽃은 안 피고
텅 빈 나뭇가지에
눈꽃만 피네요
엄니
꽃도 길을 잃고
이처럼

헤매는 걸까요
왜 꽃은 안 피나요
왜 꽃은 안 피나요

깊은 밤의 눈동자

선사시대
공룡은
보길도 바닷가에
알을 낳을까

그 알은
햇볕에 그을리고
파도에 휩쓸려
뭉개지고 두들겨 맞아
까만 눈동자처럼
깜박이며 빛이 난다

마치 보석처럼
매끄럽고 반짝이는
그 바닷가의 흔적들

까마득한 먼 이야기

가련한 덩굴장미
나 홀로 붓을 드네
애타게 봄 오기를
꿈꾸며 기다리네
쓸쓸한
울타리에서
동양화를 그리네

꿈 찾는 덩굴장미
혼자서 외롭다네
울타리 밖에서는
봄 놀이 한창인데
봄소식
까마득하게
갇혀 사는 들장미

꽃망울의 재채기

설레는 가슴 소녀 되어
황혼 길에 소롯이 서서
젊음을 그리워하네

아침 안개 사이로
붉게 물든 하늘빛 그윽한
유혹이 스미고
쭉 뻗은 고속도로
무지개처럼 빛나네

안갯속 물빛 공원
연초록 물결 따라 황홀한 순간

새털 같은 마음은 하늘로 솟구치고
설레는 분홍 바람 하늘거리고
움트는 꽃망울이 재채기한다

꽃보다 예쁜 당신

봄이 오고
꽃이 피면 꽃 보러 가요
꽃 보다 당신이
더 예쁘지만

꽃 보고 당신 보고
또 당신 보고
꽃 보고

당신과 함께라면
시간 간 줄 모를 거야

끝없은 수평선 위에서

보고 싶어 분수처럼
내 사랑 끝이 없고
따뜻한 너의 온기
살짝이 머무르네
내 마음
용광로인가
불타오른 오작교

그대의 예쁜 향기
행복한 나의 미소
널 향한 내 믿음은
끝없는 수직 수평
이 밤도
꿈을 찾아서
고운 소리 잠든다

나만의 작은 개똥철학

부드러운 빵처럼
목에 걸리지 않고
새콤달콤 석류처럼
알맹이가 통통히 살아 있는
그런 글을 쓰고 싶어요

편하게 출렁이는 물결처럼
막힘없이 흘러가는 시냇물처럼
누구나 쉽게 읽고
가슴으로 느낄 수 있는
철학이 숨 쉬는 글을 쓰고 싶어요

누가 읽어 주지 않아도
내 멋에 취해 쓰는 글
꿈과 희망이 찾아와
행복해지는 세상

너는 나의 요람

너는 나의 지구촌
곁에 있으면 온 세상이 펼쳐지고

너는 나의 백과사전
함께 있으면 지식이 꽃 피네

너는 나의 우체통
네 곁에서 희소식이 속삭이고

너는 나의 요람
가까이 있으면 마음까지 평온해진다

너는 나의 불로초
곁에 있을 때 시간도 젊어진다

너 없인 하루도 못 사는 세상
이 마음을 어찌하면 좋을까

누가 뭐래도 괜찮아

나는 네가 좋다
누가 뭐래도 네가 좋아
속이 꽉 찬 여자
그런 여자
실수해도 막걸리를 마셔도
웃는 네 모습
밤늦게 비틀거리고
비 맞고 와도 용기를 주는 여자

나는 네가 좋다
누가 뭐래도 네가 좋아
가슴이 따뜻한 여자
그런 여자
실수해도 소주를 마셔도
사랑해 주는 여자
늦잠을 자도
이불을 덮어주고
걱정해 주는 여자
나는 네가 좋다

누가 뭐래도 네가 좋다
마음이 따뜻한 여자
그런 여자
아침에 일어나면
아침을 챙겨주는 여자
퇴근해서 집에 오면
고생했다고 토닥토닥
등 두드려 주며
희망을 주는 여자
난 난 난
누가 뭐래도 네가 좋다

제2부

눈물이 강이 되어

누렇게 익어가는 풍경

놀리면 뾰로통해진다
눈을 크게 떠서 보아라
호박이 얼마나 귀여운지

벌들도 이미 안다
나비들도 알고 있다

얼마나 예쁜지
얼마나 향기로운지
푸르름을 자랑하며
누렇게 익어가고
맛있는 보양식이 된다

멋쟁이 둥글둥글
가만히 보아라
자세히 만져 보아라
예쁘고 사랑스러운 얼굴을

눈물이 강이 되어

구름이 별빛 따라
그 사랑 눈물 되네
눈물이 강이 되어
철 따라 흘러간다
흘러간
추억의 고향
그리움이 끝없네

구름이 달 버리고
끝없이 달려가네
가다가 피곤하면
쉬었다 가련마는
무엇이
그리 바빠서
쉬지 않고 달릴까

늘 주는 사랑의 온기

그대가 주는 사랑
싱거우면 싱거운 대로
짜면 짠 대로
늘 맛이 있습니다

그대의 손길로 건넨
사랑의 음식을
행복으로
건강으로 되돌려 드리겠습니다

오직 그대가 주는 것이라면
언제나 감사히
행복한 미소로 답하겠습니다

다람쥐 구멍 속 이야기

하늘에 다람쥐 구멍이 있나 보다
그 길로 다니는 케이블카

하늘 구멍
오르락내리락
그 속으로 빨려 들어가네

유달산 홀딱 넘어
바다 건너 고하도
시야에 가득 펼쳐지는

넓디넓고
시원한
파란 운동장이로구나

다시 태어난다면

필요 없다고 외면당하고
잊히는 가여운 물건
처음엔 참 요긴했지

손때 묻도록 쓰고 또 쓰며
우리 곁에 머물렀던 존재
문득 눈에 들어온 초라한 모습

옛정이 떠올라
버리지 못하고
고치고 다듬어
예쁘게 치장해 본다

또 다른 세상
다시 머무른다면
지구는 더 오래 건강하게 숨 쉬고
후손들에게
행복이 다가오겠지

달빛같이 흐르는 시간

찜통같이 괴롭던 온난화
추풍에 못 견디고
낙엽인 양 썰물에 사라지니
솔바람 고개 들고
밀물처럼 훅 다가선다

달빛같이 흐르는 시간
가을 물결에 발 담그고
석양 노을에 젖어 걸어가는 세월이여

청춘의 열정 사라진
내 황혼녘 둘레길
고향에서
들려오는 기침 소리
무상의 언덕 위에 날 세우네

달음질치는 순간

한 줄기 추억을 되새기며
뒤척이는 이불자락에
그대의 향기가 묻어나온다
꿈속에서 그대와의 사랑을
헤매는 사이
아침 햇살은 살며시 고개를 들고
그만 일어나라며 나를 재촉한다

세월은 목적도 없이 흘러가고
꽃은 피자마자 바삐 지고 만다
지는 꽃을 붙잡고 슬퍼하지 마라
지지 않으면 꽃이 아니고
가지 않으면 세월이
아니라 하지 않았던가

어느새 가을 단풍이 스며들어
산과 들을 물들이고
금쪽같이 고귀한 시간은
허무하게도 흘러간다

두툼한 잔소리 한마디

해 뜨고 지는 동안
쉬지 않는 사랑
사랑이 깊을수록
잔소리는 두툼해진다

사랑의 잔소리란
어루만지고
달래는 손길 같아라
잔소리는 곧 사랑이다

앞가림을 못할까
넘어질까 걱정되어
사랑으로 물든 잔소리
그 잔소리에 배부른 날
그대 머리에
영광의 면류관이 얹힐 것이다

떠날 줄 모르는 낙엽

가을이 오면
낙엽은 스러질 줄도 모르고
곱게 화장한다

붉은 옷깃 여미며
노란 소매를 휘날리며
바람 따라 춤을 춘다

철모르고
바람 따라 흩날리는 낙엽처럼,
우리네 인생도
떠날 날을 모른 채
영원할 것처럼
부질없이 허둥댄다

마음 편하다면 주세요

욕을 해서 편하신가요
하셔도 괜찮습니다 저에게 하세요

당신 마음이 편해지고
행복이 열린다면 귀 열어 듣겠습니다

세상 욕 한 상 가득 차려
배부르게 먹고
당신 가슴이 뻥 뚫린다면
너덜대는 가슴
꿰매고 가겠습니다

사는 게 원래 그런 거죠
힘들고 지치면 다 그런 거죠
그러니 내게 주십시오

당신이 주신 욕 한 보따리
고스란히 품고 가겠습니다

마음에 담지 말아요

마음을 비우고 살면
담을 필요가 없으니
욕심이 사라지네요

욕심이 없으니
채울 필요가 없어
채울 필요가 없으니
근심이 사라지네요

근심이 없으니
남은 것 무엇일까요
웃으면서 사는 일만 남았답니다

머무는 기억 속에

그 시절 기억 속에
무엇이 있었는데
설렜던 그 마음이
달처럼 떠오르고
인생의
뒤안길에서
화초처럼 머무네

기뻤던 순간들이
사라진 추억으로
그리운 순간들을
붙잡고 싶어진다
보고픈
지난 시간
윤슬처럼 떠올라

멋있고 새콤한 맛

멋있는 석류처럼
빵처럼 부드럽다
알맹이 통실통실
멋있고 새콤하다
그런 글
쓰고 싶어서
꿀벌처럼 노력해

철학이 숨 쉬는 글
알기가 쉬어진다
편하게 막힘없는
내 멋에 젖어 쓴다
글 끝에
새싹이 솟아
초원처럼 무성해

멋쟁이 하얀 머리

갈바람에
해변 따라 나풀거리며
속살거린다

너는 나를 나는 너를
마주한 바다의 맑은 얼굴
흔들리는 갈대 춤사위에
잔물결이 번진다

누가 너를 보며
비웃었을까
바람 부는 대로
세월 흐르는 대로
부딪치지 않은 너는야 갈대

하얀 머리 멋쟁이
역경에도 꺾이지 않고
다시 일어서는 굳건한 너의 신념을 닮아
살아보려 한다

물어볼까 말까

힘들고 고단했던 보릿고개
나날들
그래도 행복했다고 말하네요
그 말, 진심일까요
아닐까요

고된 기억 속에서 움켜쥔
뭉클한 정 때문일까요

풍요로운 지금 황혼에 가난했던
소년의 얼굴이 샛별처럼
떠오르며 문득 그리워집니다

지난 추억이 행복할까요
앵무새에게 물어볼까 말까
행복했다고 말하고 있네요

바다의 깊은 사색

바다의 목소리는
언제나 푸른 생각
계절이 바꾸어도
마음은 그대로다
생각이
변하지 않고
독야청청하라네

바다의 푸른 꿈은
언제나 깊은 생각
계절이 지나가도
생각은 그대로다
내 새끼
물고기들아
잘 자라서 행복해

바람 따라가는 사랑

사랑은 주고 가는 것
가져가려는 마음은
부질없는 욕심일 뿐입니다

사랑은 보름달처럼
세상을 환히 밝히는 빛을
그냥 주고 떠나는 것입니다

미움과 그리움조차 내려놓고
가난한 자도 부유한 자도
모두 빈손으로
바다를 건넙니다

허공 속 텅 빈 풍선처럼
바람 따라 흘러가는 것
그것이 사랑입니다

볕의 속삭임

장대비 쉬라는 듯
구름이 부드럽게 피어난다

물구름 틈을 활짝 열어
외출을 감행하는 볕의 도발
눈부신 바다가 펼쳐진다

너울거리는 망망대해 위로
윤슬은 무리를 지어
볕을 감싸안는다

그제야
바다도 덩달아 반짝이며
생동을 노래한다

봄을 품는 산수유

봄이 왔다고
속삭이는 노란 꽃송이
추위를 견디며

봄을 품은 산수유의
작고도 굳센 몸짓

이른 아침
살며시 내리는 보슬비는
알고 있을까?

산수유의 귀에
사랑을 속삭이는
따스한 비밀을

봄인가 했더니 겨울이네

세월은 시냇물처럼 흐른다
삼라만상, 시간의 약속 서두르지 마라

춥고 힘들어도 시간은 가고
연분홍 춤추는 계절은
처마 밑에 제비처럼 찾아든다

백설처럼 하얀 개망초
사랑스러운 노란 개나리
따사로운 아지랑이 꿈틀댄다

봄이 왔다고 자만하지 마라
어깨를 들썩이지 마라
영원한 봄은 없는 것이다

어느새 푸르름은 사라지고
헐벗은 나무가 힘겹다
움츠리지 마라
눈꽃이 지고 나면 봄은 오더라

제3부

삶이 꽃피는 순간

분수처럼 솟는 그리움

보고 싶은 사람이 있다는 것은
삶의 의미이고
가슴속 축복이 되어
그를 향해 걷는 발걸음마다
그리움이 피어오른다

사랑은 투쟁 속에서 성숙하고
바다처럼 깊어지고
한 송이 백합처럼 피어난다

분수처럼 솟아오르는 사랑
그리움이 사무치게
꿈속에서도 선명히 피어나고
행복의 둥지에
살포시 깃들리라

사라지는 그날까지

사랑이 마음에
깊이 깃들어 있기에
미움도 머물렀네
미움 없는 그대여
사랑 또한 없다 했네

미움이
저 멀리 사라지는 날
사랑 사랑 내 사랑은
그리움과 함께
별처럼 빛나겠네

사랑이 내게 다가와
꿈 같은 삶을 속삭이고
행복은
나를 꼭 붙잡아 주네

사라지는 청춘의 시간

그리움 파도처럼
슬픔이 와글와글
너만을 그리다가
버려진 낙엽되네
얼마나
버틸 수 있나?
낙엽일랑 애달파

보고픔 숨고르다
기다림 지쳐가네
돋아난 슬픔이여
인생사 거품인가
기둥 된
나의 청춘이
거품인 듯 사라져

사랑하기에 가능한 일

태양은 이슬이 미워서
볕을 주는 것이 아니야

풀잎을 때리는 빗방울
단비 되니 사랑일 거야

네게 주는 잔소리
아파하지 마
엄마의 사랑이란다

삶의 꽃 피는 순간

친구가 울려주는
벨 소리 두근두근
점심때 밥 먹자는
목소리 희망 솟고
친구는
삶의 꽃이고
함께 하는 길동무

친구가 보배인걸
난 미처 헤매었네
오늘은 친구 찾아
고스톱 한판 치며
하하하
웃는 모습들
그렇게도 행복해

삶의 끝에서 본 세상

한 그루 초목이
그리움에 사무쳐
누군가를 기다리네
어둠에 갇힌 긴 시간
바람만이 매서운 눈길을 보내는구나

애달픈 마음
외로움에 스며들 즈음
불쑥 떠오르는 산머리 해가
미소 지으며 내민 따스함이여

그리움에 잠식되던 고독한 초목은
뜨고 지는 진리 앞에 고개를 떨구리라
외로워하지 마라
그리워하지 마라

삶의 한가운데서 끝자락에 이르기까지
외로움도 그리움도
모두 삶이 아니겠는가

새벽을 여는 태양

붉은빛 아스라이
사연을 매단 채 꼬리를 감추면
서산 위로 달이 내리고
그리움도 잠들리라

애증(愛憎)의 그림자 속
사라진 밤하늘
그댈 찾아 헤매네
칠흑 같은 세상에 절망이 서성일 때

멀리 빛나는 붙박이별 믿음직한 등대여
기다리는 마음은 긴 터널을 지나고
타오르는 태양 아래
새해가 시작되리라

새로운 희망은
함박꽃처럼 피어나고
눈 부신 햇살에 스미는 꿈은
새 물결을 타고 내일로 향하리

세상 사는 맛 중에서

친척은 가뭄에 콩 나듯 만나니
콩 튀듯 바쁜 일상 속에서
그렇게 서로 얼굴 가까이 마주하는 이는
이웃이고, 친구며, 가족이더라

눈을 뜨면 서로를 마주 보고
걱정을 나누며 무거운 마음을 덜고,
슬픔은 나눌수록 가벼워지고
모르는 건 서로 알려 주며
잘 되길 진심으로 기원하네

힘든 날, 어깨를 토닥이며
걱정을 덜어 주는 이웃이 있기에
맛있는 음식을 권하며
함께 사는 멋과 정이 행복으로 물들고,
그런 세상 사는 맛, 참 최고더라
친족은 가뭄에 콩 나듯 만난다
콩 튀듯 바쁘니까
그러구려
얼굴 가까이 마주하는 이웃이
친구이고 가족이 되어 있더라

세월아, 너는 어디로

크고 작은 강줄기들이
서로를 찾아
바다에서 만나겠지

너와 나는
커피 한잔 앞에 앉아
도란도란 이야기꽃을 피울 수 있지만
세월아
너는 어디에서 다시 만날 수 있을까
구름아, 흘러 어디로 가니
세월아, 너는 어디로 가니

시간은 흘러가며
짧은 사연 엮어내고
긴 사연 풀어냈구나

소용돌이 겁내지 말고

거센 파도가 덮쳐와
몸부림치는 사이
비바람 섞인 흙탕물에
가슴앓이는 씻겨 나간다

견디고 참아내는 일
숨이 막히고
몸이 부서질 것 같아도
끝내 순응한다

날카로움이 닳아 둥글어질 때까지
간밤에 덮친 서러운 물결이
내 꿈을 으스러뜨리고
살점 하나하나 뜯어낼 때

참을 수 없는 고통에 울부짖지만
천둥 같은 외침이 들려온다
부서져라 아낌없이
남김없이 부서져라
그 속에서 다시 태어날 테니

손잡고 띄운 배 한 척

떠나는 낙엽들이
그리워 손짓하며
물 위에 동동 떠서
손잡고 배 띄운다
정들은
고향 떠나는
서러움에 목멘다

따뜻한 봄이 오면
새 옷을 갈아입고
봄바람 꽃이 피고
즐거워 넘실대며
해님도
즐거워하며
방긋방긋 웃겠지

어깨에 걸친 바람

조개구름 머리에 이고
선선한 바람 등을 타고
오르락내리락
층층이 헤아리며 계단을 밟는다

한숨 돌리려다 마는 발걸음
서둘러 재촉하는 무거운 다리
짙푸른 물줄기를 따라
붉고 노란 잎새가 날리듯 떨어진다

멋들어진 가을을 걸쳐 메고
야속한 찬바람에 흔들리지만

바싹 마른 낙엽이 뒹구는
길을 지나
하얀 계절을 건너
다시 꽃 피는 강가를 걸어가리라

어찌하리 어찌하리오

얼어붙은 호수 위
서성이는
오리 떼
집 떠난 방랑일까

갈 곳 잃은 나그네일까
먹이를 찾아
헤매는가
건강을 찾아 나선 것인가

해는 어느새 서산에 기울고
날씨는 시베리아
벌판처럼 매서운데

덴바람에 휘말려
팔랑개비마저 쉼 없이 도네
이 어찌하리 어찌하리오

어찌해야 할까

자연이 주는 교훈
인간이 망치네요
나만 잘 살겠다고
온 산천 쑤셔 놓고
후손들
어찌 하나요
온난화가 닥칠 때

때늦은 삶이지만
온난화 막아보자
정신을 똑바르게
지구를 지켜가자
후손들
편안한 이 땅
영원토록 지키자

엄마의 작은 속삭임

개미처럼 부지런히
일벌처럼 바삐 난다
땔감 하러 산으로
김매러 콩밭으로

메뚜기 퍼덕퍼덕
개구리 개골개골
울음 섞인 시골길
휘어진 허리 붙잡고
세월 따라 달린다

밤이 되면 세상 이야기
날 새는 줄도 모르고
속삭이던 정겨운 목소리
귓가에 스미는데
고향의 자장가처럼
여전히 들려온다

예쁘게 찰칵

앉아 봐요 꽃방석에 앉아 봐요
새침데기 우리 아기 어여쁜 모습으로
꽃방석에 살짝 앉아 보세요

사랑스러운 우리 아기
꽃방석에 앉아 봐요
꽃방석 위에서 방긋방긋 웃어 보세요

걸어 봐요
오솔길을 걸어 봐요
새침데기 우리 아기
또박또박 예쁜 모습으로
꽃길 위를 걸어 보세요

사랑하는 우리 아기
오솔길을 걸어 봐요
걸어가며 해바라기처럼
환하게 웃어 보세요

사진을 찍을게요
예쁘게 찰칵

옹알이의 작은 기적

작은 씨앗이 바람에 춤을 추듯
포르르 날아와 틈 사이로
비집고 앉아 옹알이한다

답답하고 좁은 공간
투정이 없다
마냥 즐겁다고 활짝 웃더니

길 가는 사람마다
두리번두리번
신기하다고 눈 맞춤한다

왜 이리도 허풍일까

별것도 아닌 것을
왜 이리 허풍 떨까
지나간 추억들을
그리는 마음일까
터널 속
흘렀던 눈물
역력하게 맺는다

힘들던 지난 세월
왜 이리 못 잊을까?
이제는 가슴앓이
깨끗이 지워놓고
희망의
등불 찾아가
밝은 삶을 살련다

외로운 여객선 보는 눈

휘몰아치는 폭풍에
휘청이며 흔들리고
내동댕이쳐져 부서진다

고통의 몸부림
견디다 지쳐
이제는 산머리에 홀로
덩그러니 앉았구나

수많은 사연을 싣고
넓은 바다를 누볐던
찬란했던 그 시절
그날들은 어디로 가버렸나

한적한 바닷가에서
추억만이 쓸쓸히 떠돌며
머나먼 바다를 헤매는구나

우주를 타고 달려가는 꿈

보길도 가는 길
우리는 차를 타고

차는 배를 타고
배는 바다를 탄다

바다는 지구를 타며
지구는 우주를 타고 돈다

타고 타고 또 타고
두근두근 가슴이 뛴다
바람아 불지 마라
안개야 앞을 가리지 마라

울고 있는 서쪽 새

창가에 눈 내리는 소리가
살며시 들려온다
귓가에 스치는 그 소리
가슴 깊이 스며들어 마음을 적신다

누군가 춥다며
달달 떨고 있는 듯하다

산속 어딘가
노루와 토끼가
배고프고 춥다며
애달프게 울부짖는 소리가
바람을 타고 온다

이 소리 마음 한 켓에 서린 채
자꾸 머문다
참으로 애처롭고 안타까운
눈물 같은 울음소리

제4부
찬란한 금빛의 노래

임진각의 낮달 아래서

곤돌라에 안겨
새처럼 임진각 위를 날아간다

평화정에서
쭈그리고 앉아
삼팔선을 지키는 군인들의
애달픈 사연
소주 한 잔 담아낸다

선인들의 고단했던 삶
비극의 아픈 흔적들
가슴에 품고

무시무시한 비무장지대에서
새들은 아는지 모르는지
평화롭게
떼 지어 노래한다

원앙새 한 쌍

비 오는 둘레길
알록달록 전투복처럼
몸을 감싸던 비옷
촉촉이 젖은 걸음
학우들과 함께
도선사로 향하는 길목
마치 캘리그라피로 그린 듯
둘레길을 따라 걷는다

토끼, 거북이, 청설모
그리고 예쁜 사슴까지
비를 맞은 수탉처럼
우리는 천천히 걸음을 옮긴다

떨어지는 계곡물 소리
어디선가 결혼 행진곡처럼
산속에 울려 퍼지고
달콤한 시간이 흐른다
개울가에선 원앙새 한 쌍이

사랑을 속삭이고
꽃들과 나무는 마치 하객처럼
박수 소리를 내며 흔들린다

솔솔 부는 명주바람
은은히 지나가며
우리의 마음마저 스친다

작은 천 조각 하나

볼품없는 천 조각 하나
제 몸 사리지 않는
마음이 참으로 아름답다
거실 방 유리창 주방
반짝이는 빛을 뿜어내는구나

찢어지고
떨어지고
발로 차이고
그래도
깨끗한 바람 위로받으며
밀고 쓸고 닦아낸다

고되고 아픈 사연
쓸고 닦아내어
평안한 마음으로 채우니
세상을 덮는 하얗고 맑은 빛이 되어라

조심스럽게 미안해

청계산 골짜기에
흰 눈이 소복하네
하얀 눈 아플까 봐
발걸음 사뿐사뿐
살짝이
발 도장 찍고
조심조심 미안해

꽃 피는 봄이 와도
흰 눈아 녹지 마라
꽃보다 예쁜 눈아
꽃에게 말할 거야
지난밤
찾아왔다가
세월 따라 흐르네

지나간 세월 한 움큼

아침 햇살 고운 손길로
오늘의 문을 두드리는데
계절은 화살처럼 날아
지난날들을 몰래 훔쳐 갔네요

벌과 나비는 꽃을 찾아 헤매고
봉오리들은 따스한 볕을 품으려 몸을 펴는데
엇갈린 사랑은 빗물에 젖어
연분홍 봄을 조용히 기다립니다

단비에 취해 춤추던
젊은 날은 저 멀리 사라지고
물길을 거슬러 오른손엔
세월의 흔적 주름진 손바닥에
한 움큼의 시간이 남았을 뿐입니다

찬 공기가 쏠쏠히

차가운 찬 공기가
대지를 물들인다
박차고 나가기엔
날씨가 너무 추워
거실에
눕거나 앉아
리모컨만 만지작

날씨가 너무 추워
두껍게 걸쳐 입고
외출을 한다 해도
갈 만한 곳 없구나
차라리
방콕이 최고
전화통만 만지작

진심으로 사랑한다면

엄하지 못한 사랑은
결국, 비바람 앞에
아이를 떨게 하리라

바람 불면 어쩌나
비가 오면 어쩌나
끝없는 걱정 속
사랑만 주다 보면
비바람을 견딜 힘은
누가 줄 것인가

울타리 세워 바람 막고
흘러가는 구름 따라
떠나려는 마음
걱정이 맷돌처럼 쌓이나니
그 마음 어찌하리

진정 사랑한다면
스스로 세상살이에 나서게 하라

언덕 위 소나무가 되어
그늘로, 바람막이로
묵묵히 지켜보아라

떠나려거든
맷돌 같은 걱정은
그 자리에 내려두고 가라

찬란한 금빛의 노래

잃어버린 나라의 슬픔
가슴속 깊이 새겨진 아픔
나라를 되찾은 지 백 년도 채
되지 않았건만

세계를 향해
멋지게 한판 대결 별빛이다

파리 올림픽의 부대 위에
태극기가
찬란한 금빛으로 노래한다

우리 선수들은 강인하고
야무지며
단단한 의지로 멋지게 싸운다
자랑스럽다
대한의 아들딸들아
너희가 빛나는 금빛의
주인공이다

참아야 하는 이유 하나

거센 바람이
벽을 허물고 지붕을 날려도
참아야 하는 이유는 단 하나
세상의 장난질에 속고 또 속아도
참아야 하는 이유는 단 하나

화가 치밀어 오르고
답답한 가슴에 바람 한 점 없을 때
시름시름 시들어 눕는다
가슴은 열정을 잃고
마음은 사랑을 잃고
몸은 건강을 잃어간다

그러니
용서와 화합으로 화를 다스리고
열정으로 단련한 강인한 근육을
사랑으로 가득 채워야 하리
참아야 하는 이유 단 하나
건강을 되찾아
웃음꽃 활짝 피우리라

찻잔 속에 녹아들고

아늑하게 펼쳐진 바다
수평선에 고깃배 하나
삶의 윤슬 속
현란한 장단에 맞춰
돛단배는 하늘거리고
내 품에 스며든다

코끝을 스치는 가을바람
은은한 커피 향 가득한 찻집,
그곳에서 국화 향처럼 번지는
선생님의 목소리가
내 마음에 메아리친다

가슴속 몽글몽글
서정의 시가 피어나
찻잔 속에 녹아들고
시어 한 모금 삼키니
나는 바다를 가르는 갈매기가 된다

청춘아 멈추지 마라

바람이 슬피 운다
떠나기 싫어 울고 있다

바람아, 가기 싫으니
나도 가기 싫단다

거울 속에 비친 내 모습
살며시 꼬집어 본다

늙지 마라 청춘아
다시 와라 바람아

청춘의 속삭이는 마음

얼굴에 꽃피우는
청춘은 마음이요
흰 눈이 머리 앉아
내 발목 붙잡았네
누구나
멋 부려 본들
알아줄까 이 모습

늙으니 끓는 가슴
시름만 늘어 가네
시간은 고속 열차
못 가게 붙잡는다
한세상
참된 삶으로
보람있게 살라네

촉촉이 스며든 사계절

단비가 내리더니
꽃봉오리 투두둑
봄이 살며시 문을 두드리네요

작달비 흩뿌리더니
푸름이 여름의 문을 열어요
사랑비가 내릴 때면
쓸쓸한 바람이 스며드는
가을이 찾아오지요

눈꽃 흩날리는 계절엔
지나온 세월 어깨에 두르고
소복이 쌓인 흰 눈 위로
한걸음 또 한걸음 발자국 남겨요

두 손 꼭 맞잡고
꽃길도, 눈길도 우리 모두
오솔길을 함께 걸어요

촛불처럼 입김이

기다려도
오지 않는 기러기
기다려 봐도
찾아오지 않는 철새
이맘때면
먼 남쪽 하늘을
하염없이 올려다본다

오늘도
석양을 따라 스러지는
이 몸뚱이의 애달픔
사막의 모래알처럼
흩어지는 시간 속에서

입김이 촛불처럼
내 가슴속에
타오른다

칠흑 같은 밤을 채우고

별빛 숨바꼭질하듯
칠흑을 채우고
자취를 감춰버렸다

듬성듬성 가로등만이
별빛인 척 희미하게 웃고 섰다

간들간들 실바람
살갗 파고들어 스산하다

닭 울음 오경을 알리는데
낯선 소리
멀리서 들려오는 비행기 소리
아련히 다가온다

공기 보존 구역, 공기 청정 구역
간판이 바람에 흔들린다

켜켜이 쌓은 보람

누구는 황혼이 오면 삶이
아쉬워서 슬퍼합니다
인생은 허무하고
삶이 짧다고 슬퍼합니다

하루살이는 하루만큼의 일생이 있다고 합니다
매미는 기나긴 인내로 나름의 할 일
마치고 생을 마감합니다

강아지는 이십 년을 살기 힘들지만
우리네 인생 백 년을 살다 갑니다

누군가는 번개처럼 인생이 지나간다고 슬퍼합니다
누군가는 짧은 인생이 실타래 같다고 슬퍼합니다.

인생이 짧아도 인생이 길어도
지나간 시간 안타깝다고 탓하지 말고
귀중한 시간 붙잡아서
알뜰하게 소분하고 의미 담아
켜켜이 보람을 쌓아봅니다

풀잎의 꿈이어라

한 줌의 흙이 보이면
깨진 바위틈이 있으면
너의 품에 안기고 싶다

차가운 아스팔트 위에서도
단단한 시멘트 틈새에서도
뿌리 내리고 싶다

바람이 물어 나른
한 모금 이슬을 마시고
꽃처럼 그렇게
어여쁘게 피어나고 싶다

햇빛이 머문 자리

짙은 향 입속에서
사르르 피어나서
기다린 봄쑥 향기
가까이 다가오네
맑은 날
간식 메고서
봄쑥 마중 가자네

짙은 향 콧속으로
살짝이 들어오고
양지쪽 언덕 아래
햇빛이 머무른 곳
약쑥이
연인인 듯이
기다리며 날 찾네

헤벌레 하며

햇살은 물 위에 떨어지고
사랑이 스미는 길목에

마장 호수의 떡 벌어진 입술
하늘 향해 헤벌레 웃는다

흔들리는 다리, 지그재그로
벗과 함께 크게 꿈틀댄다

따라쟁이 영산홍
철쭉꽃도 헤벌레 웃는다

몽글몽글 피어나는 그 시절
추억의 한 마당에
고향 벗들과 한바탕 헤벌레
어깨춤이 들썩인다

흔들리는 꽃들의 춤

바람아 불어라, 꽃을 흔들어라
꽃은 스스로 흔들리고 싶지 않다
바람이 부니
그저 바람 따라 흔들릴 뿐이다
꽃이 흔들린다고
나무라지 마라

부는 바람을
누가 막을 수 있겠는가
바람아 불어라
꽃을 흔들어라
바람이 멈추면
꽃은 다시 활짝 웃으리라

흔들지 마라
바람 불면 마음이 약해져
거스를 수 없는 힘에
그저 흔들릴 뿐이다
흔들린다고 꾸짖지 마라

시에 그림을 그리는 사랑의 목소리
– 조이인형 시집 『그렇게 살아가는 우리들』

최 봉 희(시조시인, 평론가, 글벗 편집주간)

 자연 풍경으로 그림을 그린 산수화(山水畵)가 발달한 중국과 한국에서는 예로부터 전해오는 말이 있다. 좋은 그림을 보면 '그림 속에 시가 있다(畵中有詩)'고 말한다. 그림을 보고 느낀 감상을 시로 써서 그림의 여백이나 별지에 부치기도 한다. 요즘 말하는 시화 작품이다. 시는 글로 그리는 그림이기에 시화전, 시 그림이라는 이름으로 전시회가 열린다. 물론 글벗문학회에서도 연천의 종자와시인박물관에서 연중 글벗시화전에 열리고 있다.

 조선 초의 시인이자 문향(文鄕) 파주에서 활동했던 학자 성간(成侃)은 강희안(姜希顔)의 그림을 보고 '시는 소리 있는 그림이요, 그림은 소리 없는 시이니, 예로부터 시와 그림은 일치되어 있어서, 그 경중을 조그만 차이로도 가를 수 없네(詩爲有聲畵 畵乃無聲詩 古來詩畵爲一致輕重未可分毫釐)'라는 글을 남겼다.

동양화에서, 그림의 제목과 관련된 시를 지어 화면에 적어 놓은 글을 제화시(題畵詩)라고 칭한다. 안평대군의 꿈 이야기를 그린 것으로 유명한 안견(安堅)의 몽유도원도(夢遊桃源圖)에는 신숙주를 비롯해 무려 23명의 제화시(題畵詩)와 찬문(撰文)이 별지로 붙어있다. 안평대군이 당대 최고의 문사들과 함께 그림을 감상하고 제화시를 쓰게 했기 때문이다.

겸재(謙齋) 정선(旌善)은 그의 절친이자 당대 최고의 시인 이병연(李秉淵)과 '시화상간(詩畵相看)'을 한 것으로 유명하다. 시와 그림을 바꿔 보며 감상을 하는 것이다. 화가는 시적 감성을 키우고, 시인은 이미지의 문법을 익히는 가장 좋은 방법이었기 때문이다. 겸재는 나무 그늘 아래 앉아 시화상간을 하는 모습을 그림으로 남기기도 했다.

동양에서는 시와 그림을 동일시하는 전통이 있다. 이는 송나라의 시인이자 화가인 소식(蘇軾)의 '시중유화, 화중유시(詩中有畵 畵中有詩)'라는 말에서 비롯됐다. 소식이 당나라의 시인이자 화가인 왕유의 시와 그림을 감상하며 "시 속에 그림이 있고, 그림 속에 시가 있다."고 말한 데서 유래한다. 이 말은 문인화가 산수화의 한 장르로 자리잡는 데 결정적인 역할을 했다. 문인화는 서양에서는 볼 수 없는 독특한 장르다.

지금도 우리에게는 이 전통이 '디카시'라는 장르로 남아 있다. 시와 그림, 시와 사진을 엮어서 '시화집', '디카 시집'

으로 책을 낸다. 또 잡지를 보면 앞부분에 '포토포엠', 혹은 '시가 있는 풍경' 같이 서로 감성이 통하는 시와 사진을 짝지어 연재한다. 시인에게 사진을 보여 주고 시를 쓰게 하는 방식이다.

사진은 시와 그림의 중간쯤 되는 위치에 있다고 생각한다. 사진을 미술의 한 분야로 취급한다. 창작 과정을 보면 시와 닮은 점이 많다. 좋은 시는 압축되고 정제된 언어로 감각적인 이미지를 만들어낸다. 시를 읽으면 시가 묘사하는 장면이 눈앞에 펼쳐지는 것 같다.

우리 글벗문학회 회원 가운데 시로 그림을 그리듯 쓰는 시인이 있다. 바로 석송 조이인형 시인이다.

조이인형 시인은 이번에 네 번째 시와 시조집 『그렇게 살아가는 우리들』, 다섯 번째 시와 시조집 『가슴에 내리는 따뜻한 단비』 여섯 번째 시와 시조집 『세상을 물들인 미소』를 발간한다.

이에 발간한 세 권의 시집을 중심으로 시적 경향을 살펴보고자 한다.

> 가련한 덩굴장미
> 나 홀로 붓을 드네
> 애타게 봄 오기를
> 꿈꾸며 기다리네
> 쓸쓸한
> 울타리에서

동양화를 그리네

꿈 찾는 덩굴장미
혼자서 외롭다네
울타리 밖에서는
봄놀이 한창인데
봄소식
까마득하게
갇혀 사는 들장미
– 시조 「까마득한 먼 이야기」 전문

 시각적인 표현이다. 울타리 속에는 장미가 없다. 잔잔한
마음에 봄을 준비하면서 동양화를 그리는 것이다. 울타리
밖은 봄이 왔으나 울타리 안에 있는 장미는 아직 봄소식을
모른다. 그리고 마음의 우물을 들여다본다. 자신의 모습이
보인다. 봄을 기다리면서 울타리 밖을 들여다보는 고독한
시인의 모습이다. 이는 마음의 거울이나 물그림자 등 '반
영'을 소재로 즐겨 다루는 사진의 형식과 많이 닮아 있다.
 무엇보다도 시와 사진을 가깝게 연결하는 것은 수사법이
다. 사진은 대상을 보고 느끼는 연상작용을 통해 의미구조
를 창조하기 때문이다.

짙은 향 입속에서
사르르 피어나서
기다린 봄쑥 향기

가까이 다가오네
맑은 날
간식 메고서
봄쑥 마중 가자네

짙은 향 콧속으로
살짝이 들어오고
양지쪽 언덕 아래
햇빛이 머무른 곳
약쑥이
연인인 듯이
기다리며 날 찾네
- 시조 「햇빛이 머문 자리」 전문

 연상이란 하나의 관념이 다른 관념을 불러일으키는 현상이다. 위의 시조처럼 봄쑥 향기를 맡고서 '봄'를 행각하고 '연인'의 이미지를 떠올린다. '봄쑥'를 보고 '마중'을 나가거나 '기다림'을 생각하는 것이다. 이때 두 관념 사이에는 과학적이고 논리적인 근거는 희박하다. 하지만 감성적으로 연결되는 이미지가 있다. 봄이나 연인은 원관념 쑥과 향기를 불러온 마음의 상, 즉 '심상(心象)'이다. 그리고 비교되는 두 가지 대상의 개념이 서로 거리가 멀수록 비유법이 신선해진다.

 바람이 슬피 운다

떠나기 싫어 울고 있다

바람아, 가기 싫으니
나도 가기 싫단다

거울 속에 비친 내 모습
살며시 꼬집어 본다

늙지 마라 청춘아
다시 와라 바람아
– 시 「청춘아 멈추지 마라」 전문

　시인은 바람이 부는 것을 보고 슬피 운다. 떠나가고 싶지
않아서 서글피 우는 것으로 본다. 그 모습을 보고 시인은
너처럼 가고 싶지 않다고 말한다. 거울 앞에서 자신의 모
습을 바라보면서 늙지 않고 싶은 욕망을 드러낸 것이다.
　사진의 표현형식도 역시 바로 연상작용과 관련 있다. 이
미지의 비유를 통해 이야기를 담는다. 그리고 자신의 메시
지를 전한다. 감상자들은 한 꺼풀 가려진 이미지를 해석하
는 과정에서 더 많이 상상하게 된다. 시와 시조도 마찬가
지다. 그리고 작품 속에 숨겨진 비유의 뜻을 풀게 되면 희
열을 느낀다.

그대가 주는 사랑
싱거우면 싱거운 대로

짜면 짠 대로
늘 맛이 있습니다

그대의 손길로 건넨
사랑의 음식을
행복으로
건강으로 되돌려 드리겠습니다

오직 그대가 주는 것이라면
언제나 감사히
행복한 미소로 답하겠습니다
– 시 「늘 주는 사랑의 온기」 전문

　시인은 사랑의 음식을 통해 건강과 행복에 대한 깨달음을
얻는다. 욕심이 아니라 감사의 마음으로 살아가는 것이 행
복임을 깨닫는다. 결국 시인이 문학의 세계에서 맛보는 짠
맛일지라도 그것은 행복한 미소로 답하겠다고 말한다.
　언어로 표현된 어떤 현상에 대하여 마음속의 떠오르는 감
각적 인상이 이미지다. 나타내고자 하는 어떤 생각, 정서,
현상을 구체적인 감각적 언어로 표현하여 독자에게 독창적
인 이미지를 환기하는 것은 복된 일이다. 이런 의미에서
시적 형상화는 시인에게 매우 소중하고 가치 있는 일이다.

　　부드러운 빵처럼
　　목에 걸리지 않고

새콤달콤 석류처럼
알맹이가 통통히 살아 있는
그런 글을 쓰고 싶어요

편하게 출렁이는 물결처럼
막힘없이 흘러가는 시냇물처럼
누구나 쉽게 읽고
가슴으로 느낄 수 있는
철학이 숨 쉬는 글을 쓰고 싶어요

누가 읽어 주지 않아도
내 멋에 취해 쓰는 글
꿈과 희망이 찾아와
행복해지는 세상
– 시 「나만의 작은 개똥철학」 전문

따라서 이미지 형상화는 대상의 겉모습을 그려내는 과정
이 전부가 아니다. 작가가 그 대상을 통하여 말하고 싶은
철학 또는 사상이 들어가도록 그림처럼 그려내는 것이다.
시인은 시각적 형상화를 통해서 부드러운 빵처럼, 새콤달
콤한 석류처럼, 그리고 물결처럼, 시냇물처럼 누구나 쉽게
읽고 가슴으로 느낄 수 있는 시를 쓰고 싶다고 말한다.
  예를 들면 '장미꽃이 아름답다.'고 할 때 작가는 장미꽃의
색깔이나 꽃의 화려한 겉모습을 그려내는 것이 아니라 장
미가 뿜어내는 내적 향기를 우리의 삶에 비유해 그려내야

한다. 이에 따라 우리의 삶의 모습도 장미처럼 아름다운 향기가 나는 삶으로 형상화될 수 있다.

 조이인형 시인의 또 다른 시조를 살펴보자.

> 별것도 아닌 것을
> 왜 이리 허풍일까
> 지나간 추억들을
> 그리는 마음일까
> 터널 속
> 흘렸던 눈물
> 역력하게 맺는다
>
> 힘들던 지난 세월
> 왜 이리 못 잊을까?
> 이제는 가슴앓이
> 깨끗이 지워놓고
> 희망의
> 등불 찾아가
> 밝은 삶을 살련다
> – 시조 「왜 이리도 허풍일까」 전문

 시인은 '허풍'이라는 소재 발굴을 통해서 대상을 찾고 후회했던 과거의 삶을 현미경처럼 관찰한다. 허풍을 시각적으로 활용하여 후회와 반성의 눈물을 찾아가는 체험과 상상력을 발휘한다. 지난 아픔의 세월을 잊고 가슴앓이했던 추억을 지우는 일이며 새로운 희망의 등불을 찾아가는 것이었다. 더불어 수사법 활용을 통하여 빗대어 표현하여 은유형 형태로 대입한다. 그리고 의인화와 낯설게 하기를 통하여 신선하게 시조를 다듬는다.

> 한 줌의 흙이 보이면
> 깨진 바위틈이 있으면
> 너의 품에 안기고 싶다
>
> 차가운 아스팔트 위에서도
> 단단한 시멘트 틈새에서도
> 뿌리 내리고 싶다
>
> 바람이 물어 나른
> 한 모금 이슬을 마시고
> 꽃처럼 그렇게
> 어여쁘게 피어나고 싶다
> – 시 「풀잎의 꿈이어라」 전문

시인에게는 시에 대한 탐구가 더욱 절실하다. 조이인형 시인은 날마다 자신의 시가 어여쁜 꽃처럼 피어나길 소망한다. 그런 연유 때문일까? 시인은 날마다 글 나눔을 통해서 본인의 글을 성찰하고 함께 연구하면서 탐구한다.

어느 날인가. 필자가 시인에게 지금 왜 시를 공부하고 탐구해야 하는가를 여쭌 적이 있다. 시인은 이렇게 대답한다. "무엇보다도 진정한 나를 만날 수 있기 때문이지요. 그래서 시 쓰기가 즐겁습니다."

옳은 말이다. 무엇보다도 시와 시조 쓰기는 인간의 내면에 대한 성찰을 돕고 성장을 돕는다.

보고 싶은 사람이 있다는 것은
삶의 의미이고
가슴속 축복이 되어
그를 향해 걷는 발걸음마다
그리움이 피어오른다

사랑은 투쟁 속에서 성숙되고
바다처럼 깊어지고
한 송이 백합처럼 피어난다

분수처럼 솟아오르는 사랑
그리움이 사무치게
꿈속에서도 선명히 피어나고
행복의 둥지에
살포시 깃들리라
– 시 「분수처럼 솟는 그리움」 전문

이 시는 사랑과 그리움은 바다처럼, 한 송이 백합처럼, 분수처럼, 행복을 동반하는 그리운 사랑을 적은 작품이다. 시는 이처럼 인간의 복잡한 대상과 내면을 섬세하게 드러내는 장르다. 섬세한 언어로 포착한 시 작품을 깊이 있게 이해하는 과정은 다소 힘겹다. 그러나 그 과정은 즐거움을 동반한다.

　시는 단번에 파악되지 않는다. 때로는 어렵다. 독해 과정은 더욱 힘들다. 하지만, 여러 겹의 의미를 하나하나 열어 가거나 혹은 하나의 대상을 다양하게 해석해 보는 즐거움을 이끈다.

　그런 탓인지 조이인형 시인은 즐거움과 어려움이 공존하는 시 쓰기의 과정을 통해 시인의 내면세계를 관찰하고 아울러 독자의 내면을 성찰하는 기회를 부여한다.

　　　나는 네가 좋다
　　　누가 뭐래도 네가 좋아
　　　속이 꽉 찬 여자
　　　그런 여자
　　　실수해도 막걸리를 마셔도
　　　웃는 네 모습
　　　밤늦게 비틀거리고
　　　비 맞고 와도 용기를 주는 여자

　　　나는 네가 좋다
　　　누가 뭐래도 네가 좋아
　　　가슴이 따뜻한 여자
　　　그런 여자
　　　실수해도 소주를 마셔도
　　　사랑해 주는 여자
　　　늦잠을 자도
　　　이불을 덮어주고

걱정해 주는 여자
나는 네가 좋다
누가 뭐래도 네가 좋다
마음이 따뜻한 여자
그런 여자
아침 일어나면
아침을 챙겨주는 여자
퇴근해서 집에 오면
고생했다고 토닥토닥
등 두드려 주며
희망을 주는 여자
난 난 난
누가 뭐래도 네가 좋다
- 시 「누가 뭐래도 괜찮아」 전문

인간의 마음은 가장 이해하기 어렵다고 한다. 또한 가장 제어하기 어려운 대상이기도 하다. 그러한 마음의 세계를 시로 표현하는 조이인형 시인은 자신의 마음을 다스리고 직시할 줄 아는 사람이라고 말할 수 있겠다.

그는 동행하는 차량에서 언제나 이렇게 말하곤 한다. '차량 운전은 마치 시를 쓰는 것과 같다.'고. 초보운전자는 조심 운전해야 하는 두려움이 많아 프로 운전자보다 사고 위험이 적다는 것이다. 그러나 원숙한 운전자는 자신의 과신하거나 잘못된 습관으로 때로는 큰 사고를 유발하기도 한다는 것이다. 더불어 시 쓰기는 목표를 향해 꾸준하게 나아가야 함을 강조하기도 했었다.

이제 조이인형의 시조 「눈물이 강이 되어」를 살펴보자.

구름이 별빛 따라
그 사랑 눈물 되네
눈물이 강이 되어
철 따라 흘러간다
흘러간
추억의 고향
그리움이 끝없네

구름이 달 버리고
끝없이 달려가네
가다가 피곤하면
쉬였다 가련마는
무엇이
그리 바빠서
쉬지 않고 달릴까
– 시조 「눈물이 강이 되어」전문

시인의 인생길은 아픔이지만 추억할 수 있는 행복이다. 사랑이 눈물이 되고 강이 되어 흐르지만, 지나온 세월 지금은 그리움이 끝이 없다고 말한다. 쉬지 않고 달려온 세월을 회상하면서 후회는 삶이 아닐까 한다. 시인의 말대로 추억의 고향이다. 지금이 행복해서 그리움이 끝없는지도 모른다.

그는 오늘도 쉼 없이 배움의 과정과 글쓰기의 과정을 쉼 없이 달려가고 있다. 어느덧 총 3권의 시와 시조집을 동시에 발간한다. 조이인형 시인의 그리는 그림은 바로 사랑의 목소리, 곧 행복이 아닐까 한다.

　끝으로 시인의 말을 다시금 되새겨 본다.

"시를 쓴다는 것은 사랑이다. 서로 부딪히고 교류하며 감성을 나누어 갖는 사랑이다. 시를 쓴다는 것은 위로의 손길이며 따스한 포옹이고 행복한 삶을 영위하는 것 모두가 사랑이다. 사랑 없이 시를 쓰기는 어렵다."

　시인의 생각은 언제나 바다를 생각한다. 바다의 목소리는 언제나 푸른 생각을 지니고 있기 때문이다. 계절이 바뀌어도 변하지 않는 푸른 마음을 시인은 닮고 싶은 것이다. 그래서 시인의 목소리는 '바다의 목소리'인 것이다.

　　　바다의 목소리는
　　　언제나 푸른 생각
　　　계절이 바꾸어도
　　　마음은 그대로다
　　　생각이
　　　변하지 않고
　　　독야청청하라네

　　　바다의 푸른 꿈은

언제나 깊은 생각
계절이 지나가도
생각은 그대로다
내 새끼
물고기들아
잘 자라서 행복해
– 시조 「바다의 깊은 사색」 전문

　시인은 오늘도 행복의 시, 사랑의 시를 쓴다. 그것은 물론
사랑의 마음이 있기에 가능하다. 때로는 미움도 생기고 그
리움도 있는 세상이지만 오늘도 시인은 행복한 시, 사랑의
시를 쓰는 바다가 되어서 푸른 꿈을 꾸고 있다.

사랑이 마음에
깊이 깃들어 있기에
미움도 머물렀네
미움 없는 그대여
사랑 또한 없다 했네

미움이
저 멀리 사라지는 날
사랑 사랑 내 사랑은
그리움과 함께
별처럼 빛나겠네

사랑이 내게 다가와

꿈 같은 삶을 속삭이고
행복은
나를 꼭 붙잡아 주네
– 시 「사라지는 그날까지」 전문

　지금껏 조이인형 시인이 살아온 시인의 목소리를 들었다.
그리고 그 속에 더불어 살아가는 자연과 사람의 모습을 통
해서 사랑의 그림, 행복의 그림을 만날 수 있었다.
　그의 시와 시조에는 분명 무엇인가 느껴지는 사랑과 행복
의 울림이 있다. 그리고 자신만의 사랑과 행복을 찾아보면
어떨까?
　이제 독자의 관점에서 시를 읽고 감성을 느껴 보는 기회
를 가져보라고 권하고 싶다.

MEMO

■ 글벗시선 223 조이인형 네 번째 시와 시조집

그렇게 살아가는 우리들

인 쇄 일 2025년 4월 20일
발 행 일 2025년 4월 20일
지 은 이 조이인형
펴 낸 이 한 주 희
편집주간 최 봉 희
펴 낸 곳 도서출판 글벗
출판등록 2007. 10. 29(제406-2007-100호)
주   소 경기도 파주시 와석순환로 16,(야당동)
        롯데캐슬파크타운 905동 1104호
홈페이지 http://cafe.daum.net/geulbutsarang
E-mail   pajuhumanbook@hanmail.net
전화번호 010-2442-1466
팩   스 031-957-7319
가   격 12,000원
I S B N 978-89-6533-294-7 04810